衛斯理系列 **少年版 20**

探險

下

作者：衛斯理

文字整理：耿啟文

繪畫：鄺志德

衛斯理
親自演繹衛斯理

老少咸宜的新作

寫了幾十年的小說，從來沒想過讀者的年齡層，直到出版社提出可以有少年版，才猛然省起，讀者年齡不同，對文字的理解和接受能力，也有所不同，確然可以將少年作特定對象而寫作。然本人年邁力衰，且不是所長，就由出版社籌劃。經蘇惠良老總精心處理，少年版面世。讀畢，大是嘆服，豈止少年，直頭老少咸宜，舊文新生，妙不可言，樂為之序。

倪匡　2018.10.11　香港

主要登場角色

白素

白奇偉

白老大

衛斯理

韓夫人

何先達

第十一章

末代烈火女

　　白素和白奇偉曾在殷大德和那小個子的口中，得知俫俫族有產生烈火女的習俗，再轉述給我聽，白素說：「上一屆的烈火女，跨進火堆之中，坐了下來，**烈焰**包圍着她，這時所有的人都用低沉的音調，伴隨着一種用相當粗的**竹子**所製成的樂器，唱出一種歌曲來。」

　　她說到這裏，和白奇偉互望了一眼，就一同哼起那種歌曲來。我相信一定是那個俫俫族小個子教他們的。

　　那曲調聽起來並不悲哀，相當平靜單調，竟有些像佛教**古剎**之中僧人的誦經聲，有相當強烈的宗教意味，使

聽到的人心中感到一股異樣的*寧靜*。

按理說，這時正有一個少女在熊熊烈火之中，是不應該有寧靜的感覺，可是音調確實給人這樣的感覺，或許這是一種**犧牲**精神。

兩人哼完後，白素說：「在這之前，所有參加聚會的十五歲少女，都圍住那個火堆，因為新的烈火女將在她們之中產生，三年一度，新舊交替。在火堆中的那個……只不過十八歲。」

白素說到這裏，聲音十分**傷感**，我握住了她的手，嘆了一聲：「自古以來，人類在宗教儀式上犧牲的生命，不知有多少，只好假設這些生命的靈魂，都平安喜樂，到達他們所*追求*的境界。」

白奇偉在這時插口道：「最不可思議的事，會在那時發生。」

白素把我的手握得更緊，「據那小個子說，接下來的事，雖然**？不可？思議？**，但確然是事實，他們都相信，那是神明的力量，而他三次參加的盛會，三次都發生這種事，全是他**親眼目睹**的，而他又絕無理由捏造故事來騙人。」

「究竟發生了什麼事？」我着急地問。

白素說：「**火堆**中的那個女孩，在她生命結束之前，會伸出手，向任何一個方向指去。而她所指住的那個方向，必然有一個少女，身上會冒起一蓬**烈火**來。」

說到這裏，白素和白奇偉一起向我望來，我禁不住搖

着頭表示「不可能」。

白素繼續説：「那蓬火光只在**一閃**之間，但所有人都能清楚看到，火光把那個少女的身體完全包沒，但是一閃即滅，那少女全身上下絲毫無損。這是儀式的**最高潮**，新的烈火女產生了，歡呼聲可以把山崖完全震塌。」

「新舊烈火女之間的**距離**是多少？」我問。

白素點頭道：「當時我也這樣問那小個子，他比劃得十分詳細，約莫是三十公尺。」

白素當時這樣問，自然是因為她想到的，和我一樣，要做出那種**一閃即滅**的火，只要手中握着一把特製的**粉末**，快速撒出去就可以。但如果相隔有三十公尺之遙，那自然不是這種簡單的戲法了。

我攤了攤手，表示暫時拆解不了這個戲法。

白素繼續説下去，感嘆道：「那時，已經沒有什麼人

再去理會在火堆之中被燒成**灰燼**的舊人了，人群把新產生的烈火女抬出來，有專門的人為她裝扮，在她的身上、頭上，掛上許多銀飾和象徵吉祥的物品。」

我也嘆了一聲，「這有點像**活佛轉世**，可是殘忍得多。每隔三年，燒死一個舊的，產生一個新的，也就是說，一個新產生的烈火女，生命最多只剩三年。」

白素兄妹一起點頭，神情難看之極，因為如果他們的母親真是**烈火女**的話，那自然早已經不在人世了。可是，被挑選出來的烈火女，是經由「神明的意志」挑選出來的，可以結婚生孩子嗎？白老大是**漢人**，如何可以和被俅俅人奉為神明的烈火女結成夫妻？況且烈火女年紀那麼小，難道是在她「任期」的**末段**才相識的？

白素又補充道：「在那三月初一至三月十五期間，大部分青年男子還會參與各種**角力**比賽，等到新任烈火

女產生後，便會從他們當中挑選出表現優秀的四個人，送烈火女到一個山洞去，歷代烈火女都是在那個山洞裏居住的，而那四人則供烈火女*差遣*。」

我沉默了片刻，然後說：「這有點像**昆蟲的王后**了。」

我始終覺得，年紀那麼小，而且一到十八歲就要退任，並且自我犧牲的烈火女，不太可能與白老大在一起。但當白素 **補充** 一句話，一切又變得有可能了，她說：「那小個子告訴我們，時移世易，由於這個習俗被批評太**殘忍**，所以已經取消了。」

「對啊！」我如夢初醒，「這樣會把人燒死的習俗，應該早已不再存在。那麼換句話說，最後一任的烈火女就不必在**火堆**中喪生了。」

白素兄妹點點頭，「理應如此。」

這樣說來，白素兄妹的母親，很可能恰恰就是**最後一任**烈火女。她不必死於烈火之中，過了十八歲還能繼續活下去，若與白老大邂逅，還生下了子女，也不足為奇。

那時我們三個人互望着，我失聲道：「你們母親可能還在**人世**，那小個子知道烈火女居住的山洞在哪裏嗎？我們去苗疆找找看。」

但白素搖頭道：「那小個子雖然曾三次參加烈火女的新舊交替儀式，可是也不知道那**山洞** 座落在何方。」

苗疆千山萬壑，如果要逐個山洞去找，只怕和在**戈壁沙漠**之中尋找一粒指定的沙粒差不多。即使僥倖找到那山洞，但經過了那麼多年，末代烈火女還會住在那裏嗎？

「殷大德和那小個子還說了些什麼？」我盡量追問更多的線索。

白素說：「差不多就這些了，殷大德說他曾打探過『**陽光土司**』這稱號的由來，原來十分簡單，倮倮人天性單純，看到忽然有人出來當土司，處處為倮倮人着

想，像 ☀ **陽光**普照大地一樣，所以就稱他為陽光土司了，當成是上天派下來的一個大人物。」

白素兄妹那次與殷大德的會晤，竟然長達**六小時**之久，殷大德和那小個子都言無不盡。臨走時，殷大德仍然堅持要把那柄紫金藤作鞘的 **緬鋼劍** 送給白奇偉。白奇偉雖然心中很想要，也感到不好意思，所以一再推辭。

但殷大德說：「你們父親是我的救命恩人，我無以為報，唯一可以做的，就是把這東西送給你們，當你們有一天要到苗疆蠻荒去弄清楚母親的事時，這一杖一劍，帶在身邊，能保**平安**。你再要推辭，只會令我心中難安。」

既然殷大德這樣說，白奇偉也不好再**推辭**了，便把那寶物收了下來。

我聽到他收下了那寶物，不禁大為興奮，立即站起來說：「這樣 **罕見** 的寶物，快帶我去開開眼界。走！」

怎料白奇偉攤開手來，無可奈何地說：「**那東西早已不在我手。**」

第十二章

千方百計打探隱秘

原來白素兄妹兩人在見了殷大德回家之後，才一進門，就看到白老大在一張**太師椅**上，當門而坐，顯然在等他們。

白老大一見兩兄妹回來，也不等他們出聲稱呼，就伸出手道：「**拿來。**」

白奇偉那時右手正緊握着紫金藤，想要收起來也趕不及，只好踏前一步，雙手將紫金藤奉了上去。

白老大伸手抓了過來，白奇偉還想開口解釋，但白老大已經一聲冷笑，**嘲諷**道：「我一雙兒女真有出息，竟然上門向人要東西。」

兄妹倆一聽父親這樣說，自然急於**分辯**，可是一時之間，卻又不知如何辯白才好，因為他們也不敢在父親面前，說自己去了查探母親的事。

白奇偉瞪大了眼，說不出話來，白素也只能用**極委婉**的聲音，叫了一聲：「爹。」

白老大並不盛怒，只是神情和聲音都陰冷得可怕，「這種事，要是傳了出去，我們姓白的以後還有什麼**顏面**見人？」

白奇偉直到這時才忍不住說出一句：「人家是送給我作**防身**用的。」

　　他的自辯早就在白老大的意料之中，白老大立即挖苦
道：「沒有保護自己的能力，還懂得向人家**討東西**來
防身，真了不起。」

　　白奇偉臉漲得通紅，心知說不過父親，只能僵直地站
着不動，白老大又吩咐**手下**：「替我立刻送回去給姓殷
的。」

　　四個手下齊聲答應，其中一個伸手接過了紫金藤，便大踏步走了出去。

　　白素兄妹面面相覷，但還有什麼法子？只好保持低調，繼續暗中查探母親的事。

　　他們本來不必東打聽西打探，因為對整件事最清楚明白的人就在眼前，只要白老大肯說，立刻真相大白。

但白老大就是堅決不肯説，而經過 **血濺** 📖 **小書房** 那一次後，白素兄妹更是提也不敢再提母親的事。

那時我年輕、好奇心強，雖然也曾在船上説錯過那句話而碰了 **釘**，不過我還是在他們兄妹面前拍拍胸口説：「這事情，不必捨近求遠，我會設法令白老大把那段 **往事** 説出來。」

白素兄妹 **半信半疑**，擔心地説：「你不要刺激到他啊。」

「放心吧，我會找個最合適的時機才行事。」

這個時機終於來臨了，有一天，我、白老大、白素和白奇偉四個人，飯後一起到白老大的書房裏 **喝酒** 🍷，言談甚歡。趁着白老大微醉，而又心情大好的時候，我們故意引導白老大透露當年的秘密。

例如我們刻意提起苗疆，説想去苗疆那邊走走，向白

老大請教，但白老大反應**冷淡**，只説了一句：「那地方，若是沒有把握，最好不要去，不然死了也不知道是怎麼死的。」

我們又**故意**把話題帶到那邊的各種民族，每個民族有什麼獨特的傳統習俗等等，我們都十分小心，不斷**繞圈子**，不會直接刺激到白老大，只是引導他透露出更多線索。但薑是老的辣，白老大繞圈子的功夫更強，總是能避開我們的**陷阱**，帶到其他話題去。

我有點按捺不住了，一口氣説了許多**拍馬屁**的話，將白老大哄得心花怒放之際，我向白素兄妹使了一個眼色，表示事情交給我，他們兩人便立即藉故走了開去。

白素兄妹一走，我**一秒鐘**也不耽擱，直接就問：

「那三年，在苗疆，究竟發生了什麼事？」

白老大早料到我會「**發難**」，卻萬萬想不到我竟然會直接到這種地步。

「這個小書房裏發生的那件事，他們沒告訴你嗎？」白老大冷冷地問。

「他們對我説了，但岳丈大人在我心目中比任何人都要強大，不可能那麼 脆弱。」

「所以你覺得我那次是假裝出來的？」

我沒有回答。只見他這時並不是發怒，只是臉色 **陰沉** 得很，心情顯得極不愉快，好像夾雜着許多傷感和無奈。

那時他已經不再望着我，而是望向手中的 **酒杯**，可是我仍然可以在他的眼神之中，感到他悲傷的情緒，簡直是天愁地慘。

聽白素講述白老大血濺小書房的事時，我覺得有點 **誇張**，而且一度懷疑白老大是假裝的。可是現在親身面對

着白老大，我可以肯定，他那種極度傷心的神情，絕不是假裝出來的，而是發自內心。

　　一時之間，我也擔心血濺小書房的場面會重演，立刻先**投降**了，我說：「我不問了，你也別去想那三年的事。」

白老大仍然維持住那個狀態，足足在十分鐘之後，才把杯子舉到嘴邊，將杯中酒一口氣喝乾。

他喝了酒之後，我連忙起身替他 **倒酒**，他的神情漸漸恢復正常，嘆了一聲說：「你年紀輕，好奇心強，我不怪你。」

他說到這裏，伸手在我的 **肩頭** 上，重重拍了兩下，又說：「你還年輕，將來便會明白，有些事，當事人不願去想，就不應該追問下去，這樣比殺了他更 **殘忍**。」

我初聽這句話時，感受並不深，可是到了不久之後，發生了一件 **大事**，對我和白素來說，打擊之大，無出其右，完全不想再提起或想起。那時我才真正明白這番話的意思，也對白老大的難處 **感同身受**。

那次書房探問無功而還後，在接下來的日子裏，我、白素和白奇偉都千方百計 **打探** 白老大在那三年的經歷，

發現白老大當年到了四川之後，和當地勢力最大的幫會鬧得不愉快，還起了一些**衝突**，這可能是導致他遠走苗疆的原因。而他進入苗疆之後就音信全無，再為人所知的時候，已經化身為陽光土司了。

至於為什麼苗疆會有陽光土司的妻子是烈火女的説法，據聞是因為傈傈人在烈火女居住的山洞外*膜拜*時，曾多次見到過陽光土司。

我們查探真相的進展不算很大，直到有一天晚上，我和白素在接近午夜時分回家，才一停了車，走向家門口，就忽然聽到從幾個方向一起傳來的**呼喝聲**，聲音十分嘹亮。

我和白素的反應都十分快，立時轉過身來，只見四個身影閃動着，極快地向我們奔過來，而且呼喝聲不絕，氣勢相當**懾人**。

第十三章

四份厚禮

我看出這四個直奔過來的人身手不凡，不知他們來意如何，自然要**戒備**，所以立時伸肘輕碰了白素一下。白素卻沉聲道：「是袍哥，**沒有惡意**。」

白老大是七幫十八會的總龍頭，白素自小和幫會人物打交道，對於一些稀奇古怪的幫會禮數十分熟悉。而後來我才知道，這種一面奔過來，一面發出**嘹亮**的吆喝聲，是求見者表示**尊敬**的一種禮數。

我一聽白素那麼說，仍然暗中戒備，因為我記得早前打探得來的信息，白老大當年在四川時，曾與當地勢力最

大的幫會起了衝突，而白素口中的「袍哥」，就是四川最

大的幫會——哥老會。

雖然哥老會早已式微，但在各地還是有一定的勢力。

我暗中戒備，但表面上看來卻與白素一樣，十分氣定神閒

地站着。

這四個人一到了我們近前，便立時收住腳步，動

作劃一，顯見日常訓練有素。

他們四人看來面貌相似，站定後，這才看到他們手中

各拿着一個朱漆盒子，漆盒之上盤着銀絲，鑲着

螺鈿，十分精緻。四個人雙手捧盒過頭，身子略彎，一

看就知道是一種十分尊敬的禮數。

白素對幫會禮數比我熟行得多，所以她先開口應付：

「四位——」

她的話只問到了一半，就看到街角處步出一個身形相

當**雄偉**的人來，那人的來勢也極快，而且了無聲息，白素才説了兩個字，他就到了身前。而白素一看到他現身，就知道那四個人不是主角，這人才是。

他到了近前，立時向我和白素行了一種十分古怪的禮，而我看到白素也還了一禮，同樣古怪得很。我不是幫會中人，所以我只是向那人**拱了拱手**，算是還禮。

白素也知道父親曾與四川的哥老會有些齟齬，所以也十分謹慎地開口問：「閣下有何指教？」

我趁機**打量**這人，他三十上下年紀，方臉濃眉，一臉精悍之色，左頰上有一個十分明顯的**新月疤痕**，更顯得他有一股天蒼蒼野茫茫的不羈性格。

只見他向那四人一指，對我們說：「四色薄禮，請兩位笑納。」

我們呆了一呆，然後白素朗聲道：「**無功不受祿**。」

那人倒也爽快：「正是有事相求。」

白素接着説：「那更請收回去，在江湖上，見面的都是朋友，有什麼事，請進屋子説。」

白素作了一個「請進屋子」的**手勢**，但對方五人都沒有立刻進屋，那個我們以為的「主角」，竟揚頭向着他剛才走過來的街角，叫道：「夫人，衛先生夫婦請我們進屋去。」

這一下，連白素也感愕然，那人稱呼的「夫人」，顯然是另一個十分有地位的女子，我們本來都以為他已經是主角，誰知道主角還**另有其人**。

我們向街角望去，只見一個身形**苗條**的女子走了過來，她瓜子臉，白皮膚，細眉鳳眼，不施脂粉，天然秀麗，而且年紀輕得出乎意料，大約二十出頭不多。她身穿一件**藍布**旗袍，鬢際扣着一朵藍花，也沒有任何首飾，十分素淨，但神情略帶**哀愁**。

忽然之間，又冒出了這樣的一個人物來，我和白素互望了一眼，一時之間也猜不透這個**帶孝**的「夫人」是什麼來路。

那女子來到近前，淺淺地鞠躬，一口**川音**說：「打擾兩位了。」

白素事後對我說：「這女子才一現身，我就對她有莫名的好感，心頭一陣發熱，只覺得**親切**無比。」

白素一直把這份好感當作是「莫名的好感」，一直到好多好多年之後，謎團一層一層被揭開，她才知道，她對那女子的好感並不是「莫名其妙」，而是**大有來由**的。

白素再請來客進屋子去，那女子在前，那個臉有疤痕的男人和四個大漢跟在後面，看來全是那帶孝少婦的 **隨從**。進了屋子後，少婦自我介紹：「先夫姓韓。」

我和白素互望了一眼，仍然不知道那是什麼來頭，只好敷衍着，叫了一聲：「韓夫人。」

韓夫人望向那個臉帶疤痕的男人，「阿達，說說你自己。」

那人踏前一步，**朗聲**道：「在下何先達，一直跟着三堂主辦事。」

當他說到「三堂主」的時候，指了一指韓夫人，當時我心裏十分 **疑惑**，他口中的「三堂主」，是韓夫人本身，還是韓夫人已故的丈夫？

這樣的自我介紹，說了等於沒說，只是有了稱呼而已。至於另外四個人，那是連自我介紹的 **資格** 都沒有。

在韓夫人坐下之後，我和白素一直堅持站着，韓夫人也出

了聲，何先達才坐了下來，那四個人則站着，雙手仍然捧

着漆盒。

寒暄 過後，韓夫人向何先達示意，何先達再向那

四人擺手，那四人立時把漆盒放在几上，打開盒蓋來。

　　只看了第一個盒子一眼，我就發出了「咦」的一聲，禁不住**伸手**把盒子中的東西取了出來，看個仔細。

　　這種舉動有點不禮貌，但那盒中的東西實在**有趣**之極，叫人忍不住要拿在手中多看幾眼，而白素非但沒有怪我，她自己也湊過頭來，和我一起看。

　　那是一塊**拳頭**大小的雨花台石。雨花台石並非什麼稀奇的東西，盛產於南京雨花台一帶，色澤斑斕，什麼顏色花紋都有，大小也不一，大的可比拳頭大，小的一如**米粒**，相傳晉時高僧生公說法，説得天花亂墜，落地之後，就化為五色石子，連雨花台的地名，也是這樣得來的。

　　但實際上，雨花台石，自然是**隕石**，確實從天而降，不知來自宇宙哪一個遙遠而神秘的角落，**地球人**恐怕永遠無法弄得明白。

　　盒中的那塊雨花台石，顏色是常見的白色和墨綠色，但奇在它的兩面相當平整，而且上面竟然有一幅天造地設的 **太極圖** ☯，一半墨綠一半白，不但整個圓形圓得標準，而且把太極圖分開的曲線，也絲毫不差，更妙的是，墨綠的一半中有一點白，白色的一半之中，有一點墨綠，恰好構成了完美的太極圖。

　　這樣的一塊奇石，竟天然生成了一幅太極圖，實在難能可貴，有趣之極。我和白素都看得愛不釋手，熱烈討論起來，說此石美中不足的地方是 **墨綠色**，若果是黑白兩色的話，那就完美了。

　　何先達和韓夫人看出我們十分有興趣，也有欣然之色。何先達說：「雨花台石，放在水中，顏色才顯，這石子一 **浸水**，顏色恰好是黑白，不是墨綠色。」

　　我和白素不由自主地「啊」了一聲，感到奇妙無比，

只見何先達已在第二個盒中，取出一個淡青色的**水盂**  來，直徑約有二十公分。

他說：「拿這水盂注水，恰好可以放這塊 **太極奇石**，以供欣賞。」

我和白素互望了一眼，那塊雨花台石只是奇、趣，但不算名貴。可是何先達拿出來的這個水盂，卻是非同小可，我和白素都看出，那是 *上佳* 的龍泉青瓷，是極罕見的珍品。

禮物不但奇趣、名貴，而且還能看出送禮者的 **心思**，使我和白素急不及待去看看其餘的兩件禮物。

第十四章

向衛斯理的請求

　　第三個盒子裏的，是一根天然生成的老竹根煙斗，裝煙部分相當大，嘴長約有二十多公分，大根之上盤着許多小根，那些小根的形狀千奇百怪，像是有不知道多少怪物俯伏着蠕蠕而動的模樣，我不禁驚歎：「那奇石是來自天上的傑作，這竹根則是地下的珍品，難得，難得。」

何先達十分高興，「衛先生真識貨，這竹根叫作『 百獸圖 』，罕見之極，三堂主曾說，那是他韓家的祖傳，四川雖然多竹，但只怕刨遍了全省，再也找不出相類的竹根來了，昔年，韓家曾想——」

他 興致勃勃 ，說到這裏，韓夫人就叫了他一聲，不讓他再說下去。

韓夫人向我們笑了一下，「也沒有什麼，韓家曾兩度想把這竹根當禮物送出去，都沒捨得，這是 爺們 愛收藏的事物，我留着也沒有用，所以就作個順水人情。」

我心裏在想，她出手如此厚重，想求我們的不知是什麼事？

白素的手亦輕輕碰了我一下，那是提醒我：禮下於人，必有所求，要 小心應付 才好。我暗中點了點頭，再去

看第四件禮物，那是一對白玉的 虎符 ，自然玉質佳絕，手工精細。

看完了四件禮物，我向白素望去，只見她眉心 微蹙 ，把其中一個盒蓋上，沉聲道：「韓夫人不知想我們如何效勞？只要可以做到，自當盡力，但這些禮物，我們一件也受不起，請見諒。」

韓夫人緊握着雙手，現出十分 焦切 的神情，眼有淚光。白素連忙說：「韓夫人，我們不受禮，並不是說不肯幫你。」

何先達在旁嘆了一聲，「實在只有衛先生一人能幫助，所以才 冒昧 前來相求。」

我笑了起來，「有什麼事，普天之下竟只有我一個人能辦到，別把我看得太神通廣大了。」

韓夫人**哽咽**道：「我有一個姊姊，在川西失蹤，她可能進入了雲貴一帶，那是苗蠻聚居之處，她音信全無，**吉凶未卜**。我自小喪母，姊姊大我許多年，我倆關係很好，所以日夜思念……」

我不禁在想，他們是四川的袍哥，人在川西失蹤，那正是他們的勢力範圍，人多勢眾，如果他們也找不到，我又能幫上什麼忙？

何先達似是看出我的**疑惑**，便補充說：「唉，三堂主在生時，曾派出上百人去搜尋，可是沒有結果，所以韓夫人才想親自去。」

何先達說着，現出了一副**不以為然**的神情，顯然他對韓夫人親自出馬一事，也認為必然徒勞無功。

韓夫人低嘆一聲：「我知此事**艱難**，只是我總在想，

別人去找，找的不是自己的親人，自然不上心——」

她說到這裏，何先達忍不住衝口而出：「三堂主已把賞金提高到 ✨黃金✨ 一千兩。」

韓夫人沒有責怪他多言，只說：「縱使黃金萬兩，又怎抵得上 ♥親 情♥ 一分？」

白素深受打動，問：「不知我們能相助什麼？」

韓夫人抬起頭來，欲言又止，像是不好意思開口。何先達在這時候 乾咳 了一聲，示意由他來說，韓夫人點頭允許，他便說：「我們知道衛先生曾有苗疆之行，所以韓夫人想請衛先生再去一趟。」

我很久以前（比後來遇見女野人紅綾那次早得多）確實曾到過苗疆，認識了一族 蠱苗，那段昔日故事非常精彩，將來有機會再詳述。

韓夫人見我不置可否，**連忙**說：「衛先生別誤會，我們並不要求衛先生陪我們在整個苗疆找人，只是請求衛先生帶我們去見那一族蠱苗。」

她指的，自然是我認識的那族蠱苗。我不禁大感奇怪：「韓夫人去見他們幹什麼？莫非你姊姊的**失蹤**，和蠱術有關？」

「不是。我的意思是，蠱苗在苗人中的地位十分**高**，走到哪裏都受人尊敬，我要到苗疆去找人，說不定要找上三年五載，不知要見到多少生苗、熟苗、蠻瑤、倮倮人……只要能有一兩個蠱苗伴行，就**安全**得多，順利得多了。」

韓夫人這番話聽來十分有理，可是我聽了之後，總覺得有點**不盡不實**，覺得她在隱瞞着什麼似的。

我坦白地向她**澆冷水**：「蠱苗自視甚高，不見得肯受聘做別人的保鏢。雖然我和他們的關係很好，但即使我開口求他們，也未必會答應。你要知道，蠱苗的地位極高，酋長更如同所有苗人的**†天神†**一樣。」

韓夫人的回答卻出乎我意料之外：「並不需要衛先生出言相求，我另有辦法令他們答應我的要求，只是請衛先生**帶路**而已。」

我實在猜不到她能使蠱苗答應要求的辦法是什麼，韓夫人又低頭想了一會，才向何先達作了一個**手勢**，何先達便取出一個布包來，一看到那塊布，我就呆住了。布很舊，織在布上的圖案已**褪色**，但還是可以辨出那些圖案是一些奇形怪狀的**昆蟲蜘蛛**之類。

同樣的布，當年我深入蠱苗的寨子時，曾經見過，幾乎家家戶戶都使用來作為門簾，也拿來作包袱，是他們自織的**土布**。

何先達解開布包，裏面是一個扁平的 **白銅盒**，這種盒子我也不陌生，可以肯定是蠱苗常用的物品。

何先達打開銅盒，看來是整塊白銅挖成的，只有一個 **火柴盒** 大小的凹槽，裏面襯着一小幅有着灰色光澤、細密短毛，不知是什麼動物的皮。那塊皮上，是一隻翠綠得 *鮮嫩欲滴*，綠得發光發亮的甲蟲。

那甲蟲不過大拇指大小，形狀扁平，有寬而扁的觸鬚，也是**翠綠色**的。

我從未見過這樣的甲蟲，也不知道有什麼用，但必然和蠱術有關，因為各種古怪的 **昆蟲**，正是蠱術的主要內容。

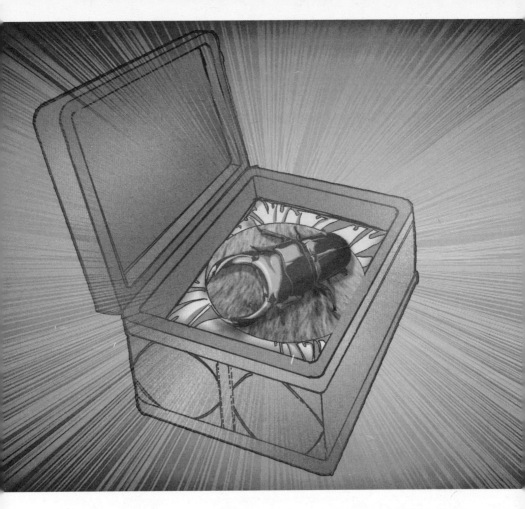

　　何先達舉着盒子，讓我們看清了那隻蟲，然後又把盒蓋蓋上。

　　韓夫人解釋道：「這東西，是我姊姊還沒有失蹤之前，叫人帶到**成都**來給我的。那時我才五歲，總希望有

古怪有趣的生日禮物，姊姊知道我有此心願，便送我這份特別的禮物。這玩意是來自苗疆的一種蠱苗，十分 ✦珍罕✦，有了這個蟲，如果有什麼事要求蠱苗幫忙，只要一取出來，就會答應。」

我一看就知這隻翠綠色的小蟲大有來歷，禁不住問：「那麼你姊姊是怎麼得到這甲蟲的？」

韓夫人嘆了一聲，「事情有點 複雜 ，你們願意聽我詳細說？」

沒想到白素十分踴躍，立刻說：「當然可以，當然可以。」

韓夫人沉思了一會，把思緒整理了一下，便開始說：「當時我收到這麼特別的生日禮物，自然要在人前 ✦炫耀✦ 一番。當晚，先父為我大擺筵席，請了許多賓客，什麼樣的人物都有，我叫叔叔伯伯叫得聲音也 \\啞// 了——」

她說到這時，我已感覺到她父親的地位一定很高，便問了一下：「令尊是？」

韓夫人沒有回答，倒是何先達說了出來：「陳督師當年在四川**帶兵**，人數接近十萬。」

我和白素怔了怔，白素立刻說出了一個聲名顯赫的將軍名字來：「陳天豪將軍？」

我也立時問：「**是他？**」

韓夫人十分恭敬地說：「那是先父的名字。」

我和白素都驚呆得說不出話來。

第十五章

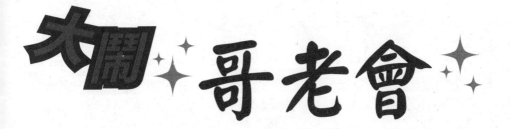

大鬧哥老會

　　我和白素並不是趨炎附勢的人，但韓夫人出身如此有**來頭**，確實令我們大感意外。

　　韓夫人繼續敘述五歲生日的宴會情況：「先父一見了我，便把我抱起來，坐在他的膝上。他十分疼我，摸着我的頭，說了一些話，賓客自然都*奉承*着他。我突然拿出這盒子來，打開給先父看，他一看，就『**吓**』地一聲說：『女娃子怎麼也學男娃子一樣，捉起蟲來了？』我解釋道：『這蟲不是我捉的，是姊姊派人**送**來給我的生日禮物。』先父聽了，臉色一沉。」

　　韓夫人講到這裏，向何先達示意了一下，何先達便補
充道：「大小姐自小十分 **洋化**，和陳帥屢有頂撞，終於離
家出走，陳帥曾為此 **大發雷霆**。」

　　韓夫人嘆了一聲：「那時我還小，只知道姊姊是不肯
聽父親的話嫁人，所以才出走的，父親曾派人去抓她，她
拚着一死，不肯回來，父親也就 **無可奈何**。」

　　韓夫人閉上眼睛一會，「實在説，我對姊姊的樣子，
也十分*模糊*了，可就是愈來愈想她。」

　　我和白素都沒有表示什麼，韓夫人繼續説當時的情
形，那時陳將軍面色一沉，不怒而威：「別提這個人！」

　　小女孩立時*撇撇嘴*。

接着，賓客中有人失聲叫了起來：「這**小蟲兒**，不是那姓白的下江漢子的東西嗎？」

隨着那人一叫，立時有四五個人圍過來看，氣氛變得十分緊張，眾賓客紛紛站起，不知道有什麼變故發生。

只見那五雙眼睛死死地**盯** 👁 着小女孩手上的那個銅盒子看，能參加陳將軍的宴會，自然不是等閒人物，這五個人都是袍哥的領袖人物，地位極高，與陳將軍關係很好。

陳將軍**泰山崩於前而色不變**，沉聲問：「怎麼了？」

那五個人也知道自己失態，各自後退了半步，一個看來相當老成的說：「大帥，早些日子，有一個姓白的下江漢子，大鬧袍哥總堂，妄想當**總堂主**的事，大帥想來已聽說過？」

陳將軍是聽說過，知道雙方還動了手，袍哥方面有不少人受了傷，本來講好了是比武，可是輸得急了，難免意氣用事，**群起而攻**。但結果那「姓白的下江漢子」還是全身而退，把袍哥弄了個灰頭土臉，狼狽不堪。

陳將軍知道這個經過，**搖搖頭**說：「事情過去了，不用提。」

他這是顧及袍哥的面子，那五個人自然知道，可是還是指着那銅盒子說：「這正是那姓白的下江漢子的東西。」

袍哥在吃了虧之後，曾下了**追緝令**，揚言要那姓白的下江漢子在四川寸步難行，如今雖然只看到了一個銅盒子，也如同和仇人狹路相逢一樣，難以自制。

這時小姑娘開了口，**童音**清脆：「這是我姊姊託人帶來給我的生日禮物，不是什麼姓白的下江漢子的東西。」

當韓夫人敘述到這裏的時候，已經出現過好幾次「姓白的下江漢子」這個稱呼了。我和白素一聽到這個稱呼，就心中一動，互望了一眼，又**緊握**了一下手。

四川人很*自負*，四川省又居於長江的上游，所以把其他省籍的人，叫「下江人」，並無什麼特別的侮辱之意，但也當然不會有敬意。

再聽下去，我和白素都毫無疑問，可以肯定那「姓白的下江漢子」，不是別人，正是白素的父親**白老大**。

我和白素都興奮莫名，因為白老大先到四川，再進入苗疆，在那三年間，白素兄妹相繼出世，那正是我們千方百計想要破解的 ?謎團?，沒想到現在忽然之間有了新的線索。

但知道了白老大那次入川，竟然闖了那麼大的 ，我和白素也不禁咋舌。

韓夫人看到了我們有 異樣 的神情，所以停了一停，向我們望來。

白素解釋道：「那……姓白的下江漢子，聽來像是**家父**。」

韓夫人一聽，神情訝異莫名，呆了半晌，才向何先達看了一眼。

何先達卻並不驚訝，淡然道：「白先生的來歷，後來自然弄清楚了，所以我早知衛夫人是他的**千金**。」

我和白素緊張地齊聲問：「當年他在四川，你曾見過他？」

何先達點頭，「有幸見過一面，那年我十一歲，才出道兒，説來慚愧，白先生**大展神威**之時，我是躲在桌子底下的。」

這時韓夫人的反應很奇特，她盯着白素看，又拉起白素的手來，翻來覆去地看。她的年紀不會比白素大很多，可是從舉動看來，卻像是**長輩**一樣。

白素本來就對韓夫人有點**好感**，所以也任由她，而我在一旁卻看得奇怪之至。

過了幾分鐘，韓夫人才長長地**吁**了一口氣，鬆開了白素的手，神情依然古怪，又低頭想了一會，再抬起頭來，才回復正常。

她嘆了一聲說：「對不起，當時我只知道那隻小蟲是我姊姊送給我的，根本不知白先生是什麼人。**江湖**上的事，我不太清楚。」

韓夫人吸了一口氣，便繼續講述當時的情況。

當時哥老會正追緝白老大，那五個袍哥之中，比較**老成**的一個着急問小女孩：「小妹妹，你姊姊在哪裏啊？這

東西她有沒有説是怎麼得來的？」

陳將軍面色一沉，「這算什麼，她小孩子又懂什麼？這種銅盒，苗子多的是，盒中的小蟲也不見得有什麼 *稀奇*。」

那五個人不敢再説什麼，可是小女孩卻 **反駁**：「這蟲子，帶來的人説，世上無雙，是一群會使蠱的苗子的寶貝。」

「會使蠱的苗子」這句話令人 *心頭慄然*，那五個袍哥領袖也只見過白老大取出這蟲子來，並不知道牠的來歷，這時一聽，竟和蠱苗有關，也不禁臉上變色。

陳將軍斥道：「小孩子知道什麼是 蠱 ？」

小女孩撒起嬌來：「我不知道，我問了送蟲來的人，他沒有告訴我。爹，到底什麼是蠱？」

　　陳將軍也不免 **啼笑皆非**，說：「去，去，自己
玩去。」

　　小女孩立時由女傭帶走，陳將軍沉聲吩咐手下：「去
找那帶蟲來的人，我和這五位有話要問。」

他手下辦事也爽快，很快就找到了那個帶東西來的人，一問才知道，他是從川滇交界處，一個叫芭蕉灘的小地方來的，從事販賣**金子**的生意。

這裏要說明一下，陳將軍派人找那金販子回來查問的事，韓夫人是不知道的。我也是後來從其他人口中才得知此事，但不妨先在這裏敘述一下。

算起來，那時候大約是白奇偉出生前一年，白素出生前三年的事。那個金販子被押進大帥府，其中一個袍哥先開口問：「我們在找一個人，這人大鬧哥老會，是一個**下江漢子**，那載着小蟲的盒子應該是他的，你可知從何處得來？」

金販子一聽，「啊」地一聲說：「你們要找的，是不是那個高大英挺，**†天神†**一樣的漢子？這漢子真是一看就叫人心服啊。」

一個脾氣**暴躁**的袍哥領袖喝道：「哪有這麼多囉嗦，問你什麼就説什麼！」

金販子忙道：「是是是。」

他一面説，一面還在自己的臉上拍打着，懲罰自己**多口**。

陳將軍這時才問：「你也見到……**大小姐**了？」

金販子興奮道：「當時我也不敢相信，但那當然是大帥府的大小姐，不然，四川就算是天府之國，也難見到那樣**標緻**的妹子。」

説到這裏，事情已經很明白了，這金販子見過白老大，也見過那位反叛的陳大小姐。

第十六章

白素的 心意

陳將軍和五位袍哥要求金販子把遇見陳大小姐和白老大的經過詳細說出來，金販子便 *抖擻精神*，繪影繪聲地敘述。

不到一個月前，金販子和他的伙伴，沿着金沙江在 **趕路**，突然聽到身後傳來一陣急驟的蹄聲，他們向路邊靠了靠，回頭望去，只見兩匹駿馬 **不疾不徐**，並轡馳來。那兩匹是典型的川馬，身形不高，金販子全是長年跋涉江湖的人，對牲口自然有認識，所以禁不住叫了一聲：

「**好馬** 。」

這一下喝采，引得馬上的一男一女都轉過頭來。兩人身上的衣服再普通不過，除了看起來十分整齊之外，並無特別，可是那男的氣勢懾人，不怒自威，卻又叫人感到一股 **正義** 的氣概。而那女的年紀很輕，二十出頭，美目流盼，雙頰微紅，握住了韁繩的手，瑩白如玉，竟是個**絕色美人。**

那一男一女回過頭來的用意，只不過是由於人家讚了一聲「好馬」，而點頭示意。可是那一干金販子卻個個呆若木雞，看傻了眼。

一男一女見了這等情形，相視一笑，又轉回頭去，繼續前進，可是馳出了十來丈之後，又 **折回來** 那伙金販子的跟前，男的還在馬上，女的則翩然下馬，向他們問：「有到成都去的沒有？」

其中一個金販子立刻 *揚手* 說：「我，我到成都。」

那女子向他嫣然一笑：「有一樣東西，想託大哥帶到成都去。」

女子説着，向馬上的男人望了一眼，男人點了點頭，女子就在身邊取出了一個**布包**來，打開了裏面的盒子，把盒中那翠綠小蟲的來歷説了一下。

四川接近雲貴，金販子們自然知道蠱苗是怎麼一回事，身邊若帶了這東西，不論遇上多麼凶悍的**土匪**，一亮出來，土匪也得鞠躬而退，不敢妄動，這趟旅途可説是**萬無一失**了。

那女子又吩咐：「到了成都，最好在一個月之內，送去給一個過五歲生日的小女孩，説這是她姊姊特地給她找來的**生日禮物**，別看是一隻小蟲，用處大着啦。」

　　女子說到這裏，又向馬上的男子望了一眼，問：「要不要告訴妹子，這小蟲原是你的。」

　　那男人豪爽地笑了起來，「不必了吧。」

　　女子又轉回身來，取出一疊 $錢$，但那金販子死活也不肯收，那女子也不再堅持，交代了要送去什麼地方，道過謝，便翻身上馬，和那男子又並轡馳去了。

那金販子在大帥府的偏廳中，說到這裏，一位袍哥問他：「他們到哪裏去了？」

那金販子答道：「看他們的去向，像是出四川，奔雲貴去了。」

陳將軍十分生氣，「孤男寡女，**成何體統！**」

打發了金販子之後，五位袍哥商量了一會，覺得還是要派人去看一看。陳將軍遲疑了一下，吩咐道：「派出去的人，若是見到了小女，對她說，**回來吧**，我不再逼她嫁人便是。」

做父親的雖然終於屈服，可是倔強的大小姐卻並沒有回去，而且從此**下落不明**，再也沒有出現過，直到韓夫人找上門來。

以上金販子所說的，韓夫人並不知道。而我和白素也是後來從一位袍哥口中聽來的，他正是當時在大帥府偏廳

中，那五位哥老會老大之一。

　　換句話說，韓夫人與我們見面的時候，我們彼此都不知道白老大與陳大小姐 **連袂** 一起進入苗疆，只知道白老大很有可能見過陳大小姐，不然那小蟲不會到了大小姐的手中，再交到韓夫人的手上。

　　韓夫人講完那小蟲的來歷後，用十分 **殷切盼望** 的眼光望着我，我猶豫道：「你想我陪你到苗疆去，找蠱苗幫忙 **尋人**？」

　　韓夫人誠懇地點了點頭。我向白素望去，白素對我使了一個眼色，我一時太 **敏感**，誤會了白素不贊成我和陌生女子一起上路，於是我立刻搬出所有我能想像到的推辭藉口，以示對白素 **忠心**。

我對韓夫人説：「韓夫人，不是我想推辭，而是我實在沒有必要走這一趟。因為你有這**小蟲**在手，苗疆之行，必可暢通無阻，無人敢妨礙你。」

只見韓夫人依然保持着**熱切**的眼神，我只好繼續説：「韓夫人，若你真想有蠱苗隨行助你尋人，也不必我去，我把前往蠱苗所在處的**路線**詳細告訴你，你必然可以找到他們的。事實上，你進入了苗疆之後，只要在有苗人的地方，把這個銅盒亮出來，根本不必打開盒蓋，也必然有蠱苗來向你接頭，到時提我的名字，提蠱苗族長猛哥的名字，就一切**順利**了。」

韓夫人十分用心地聽着，白素在這時候忽然又向我使了一個**眼色**，向樓梯望了一下，示意我跟她上樓去，她有事要和我商量。

　　這樣留客人在樓下，自己到樓上去商量事情，自然不是很有禮貌的行為，但白素既然有此表示，一定有她的 道理 ，我便繼續貫徹「 **好丈夫** 」的形象，對韓夫人和何先達説：「兩位請稍等，我們有點事要商議。」

　　白素也現出十分抱歉的 笑容 ，然後和我一起上樓，進了書房，關上房門。

　　我正在為自己的表現自鳴得意，等待着白素的嘉許時，白素竟然 驚詫 地問：「你剛才為什麼拒絕她的請求？」

　　「我……你……」我一時間答不上話，我一直以為白素給我的眼色，是叫我拒絕要求。

　　怎料白素對我說：「難得我們也有謎團在苗疆，和韓夫人一起去的話，可以順便尋找 **末代烈火女**。而且，陳大小姐當年必定見過我爹，才會得到那翠綠小蟲，如果真的找到了陳大小姐，一定可以從她口中問出我爹當年在四川和苗疆所發生的事，從而 **揭開** 我母親是誰的秘密！」

　　「這個……你……剛才不是向我使了眼色嗎？」我結結巴巴地說。

　　「對啊，我就覺得奇怪，都向你打過 **眼色** 了，怎麼你還是拒絕？」

　　我苦笑起來，感到非常尷尬，我和白素一向都心靈相通，彼此交換一個眼神就能清楚知道對方的想法。可是這一次，**我徹底誤會了**，我還以為白素不贊成我與韓夫人結伴到苗疆去，沒想到她的眼神原來是叫我答應韓夫人的要求。

我開玩笑道：「韓夫人倒也是個**美人**，你不怕我和她同行，美人頻頻遇上危險，我屢屢英雄救美，彼此**日久生情**……」

未等我説完，白素已經大笑起來，「哈哈，**不怕**。」

「難得你對我這樣有信心。」我笑道。

「不，不是對你，我是對她有信心。」

「什麼意思？」

白素解釋道：「她對失蹤多年的姊姊也如此堅定執著，更何況過世不久的丈夫。」

我嘆了一聲，「你倆倒是**一見如故**。」

「真的，很奇怪，我對她有一種莫名的**好感**。」白素説得很認真。

「那麼下樓去吧，冷落客人太久不好。」我説。

我們打開門，下樓梯的時候，我正想着怎樣可以得體地改口答應韓夫人的請求。怎料一到樓下，只見老蔡在**收拾茶具**，韓夫人、何先達和那四名隨從已不知去向，但那四個小漆盒卻還放在几上。

我望向老蔡，他若無其事地說：「走了。全都走了。」

「你怎麼不留他們？」我問。

「你又沒有吩咐。」老蔡向茶几上指了一指，「他們留下了 字條 。」

我和白素看了字條，內容只是一些客氣話。但我們自然知道，對方離去，是由於我們上樓太久，怠慢了客人，韓夫人以為我們很抗拒幫忙，所以也 **不強人所難** 了，便悄悄離去。

先是我誤會了白素的心意，然後是韓夫人誤會了我們的心意。只能說，真的不可以從 表面 去猜測別人的 內心 。

第十七章

救命之恩 難以 言報

　　無功不受祿，我和白素怎能收如此 **厚禮**🎁？而且我覺得韓夫人和何先達的舉動頗為奇怪，於是決定去打聽一下那個三堂主是什麼 *來路*，並把這幾件東西送回去。

　　可是自此之後，很久很久都沒有韓夫人和何先達的訊息。而更奇怪的是，向哥老會的人打聽，他們竟然都 **不知道** 哥老會之中，有一個姓韓的三堂主。

　　所以這件事又成了一個謎。

　　當時我們的心情還是十分興奮的，因為至少又知道了一些白老大進入苗疆之前的活動，我們立刻去告訴白奇偉，他拍着桌子説：「原來當年老頭子與哥老會有過這樣大的**過節**。但奇怪，他為什麼從來也不提起？」

　　白素沉聲道：「這還用説嗎？自然是為了要**掩飾**那三年的日子。」

　　白奇偉同意白素的話，可是仍十分疑惑，「大鬧哥老會，和那三年隱秘，又有什麼關係？」

　　這個問題，自然得不到解答，但我説：「放心，大鬧哥老會這件事，對他老人家來説，必定是一件十分**得意**的往事。人對於生

平得意的事，總會想說出來給別人聽聽的，他**老人家**也不能例外。」

　　自那天之後，我一直在尋找白老大自己✦炫耀✦當年勇武事迹的機會，要找這種機會，也不困難，大約在半年之後，白老大的兩個生死之交、我、白素和白奇偉一起喝酒聊天，酒酣耳熱，興致都十分高，我故意把話題帶到「**以寡敵眾**」上去。

　　白老大也興致勃勃，我趁機説：「前些日子，才聽説四川的哥老會，當年有一件糗事，曾有一個來歷不明的漢子，大鬧哥老會總堂，那麼**人才濟濟**的哥老會，竟未能把來人收拾下來，甚至連對方是什麼人也不知道。」

　　我一説，白素和白奇偉就會意，齊聲唱和：「有這樣的事？只怕是**誤傳**吧。」

　　白老大笑而不語，他兩個老朋友卻一起伸手指着他，告訴我：「什麼來歷不明，**就是他！**」

　　「有這等事？」我假裝大吃一驚，「怎麼從來未聽説過？據知，在總堂之上，連場惡戰，驚心動魄之極，最後袍哥**群起而攻**？」

　　白老大喝了一口酒，緩緩點了點頭，長嘆一聲：「那時年少氣盛，簡直不知死活。袍哥十大高手雖然被我一一擊敗，但他們又群起而攻，我力戰得脱——」

　　他說到這裏，現出了極度沉思的神情：「我雖然得以脫身，但是受了極重的 內傷 ，奄奄一息，袍哥又到處在找我，真是凶險之極。」

　　白素聽到這裏，忍不住叫了一聲：「爹。」

　　我們都不知道當年的事如此凶險，不禁呆了一呆。

　　白老大緩緩地喝着酒，似是 沉醉 於往事之中，吁了一口氣：「唉，好險。當時若不行險着，怎麼脫得了身。最後我硬接了那大麻子三掌，簡直將我 五 臟 六 腑 一起震碎，當時，七竅之中全是 血腥味 ，那血竟然沒有當場噴出來，還能笑着離開，後來想起來，連自己都不相信。」

　　這一番憶述，可見白老大當年在哥老會總堂上**獨戰**的戰況之慘烈。

　　白老大繼續説：「大麻子的三掌雖然絕不留情，但他倒也是一條漢子，説好了的話，絕不反悔，保我出了總堂。這一口**鮮血**，竟然忍到了江邊，才噴了出來，那時我終於撐不住了，一頭**栽**進了江水之中。」

我們幾個人都屏住了氣息，聽白老大慢慢説下去：「當時我自知**性命**難保了，過往的一些經歷，都在意識裏一閃而過。但真想不到，在這種情形下，還能絕處逢生，這**救命之恩**在醒過來之後，不知何以為報。哈哈……」

白老大最後那幾下笑聲，笑得歡愉**甜蜜**，那是極少見的，我們都大感愕然。

到底什麼事令他這樣喜悦？這救命之恩，在什麼樣的情形下，無以為報竟值得如此高興，忍不住甜蜜地笑起來？

大家都想聽他接下來怎麼説，可是白老大不説話，只是甜甜地**笑**，也不出聲。這種情形竟然維持了將近五分鐘，令氣氛變得有點詭異了，他兩個老朋友忍不住開口：「老大，看你樂成這樣，什麼事叫你那麼**高興**？」

白奇偉也開了口，好奇地問：「那救命恩人——」

怎料他才說了半句，白老大那充滿歡愉的笑容就忽然**僵凝**住，氣氛完全轉變了過來。

　　這變化真是突如其來，快速無比，只見白老大的神情變得**哀切**，心中如壓下了重鉛，天愁地慘，好像發生了什麼極悲慘的事。

　　白素和白奇偉盯着他們父親，一副六神無主的樣子，白老大並沒有開口，只是緩緩地閉上眼睛。在他閉上眼睛之後，清清楚楚有**兩行清淚**，自他眼中流了出來。

　　由此可知，他憶起了一件令他傷心到極的事。白素到了這時

候再也忍不住，嬌聲道：「爹，有什麼傷心事，別悶在心裏，對自己親人說說，說出來，心中會好過些。」

白老大**苦笑**起來，像自言自語般，慢慢地說了一句莫名其妙的話：「寧願上刀山，下油鍋，去探索十八層地獄的秘密；寧願潛龍潭，進虎穴去探險，也別去探索人♥。」

他忽然之間，説起那樣的話來，聽得眾人面面相覷，有點不知所云。

白老大卻在繼續説：「世上沒有比人心更難測的了，探索人心比任何探險行為更加凶險。」

各人仍然不明白他為什麼突然有了這樣的慨嘆，都想他再説下去。

可是他沒有再説什麼，神情也漸漸變得平靜，等了一會，竟然發出了鼾聲ᶻᶻ來，看來是酒意上湧，睡着了。

　　白素輕輕地在白老大手中取下了酒杯。各人都不出

聲。

第十八章

白素?的疑慮?

沉默了好一會，我首先忍不住，壓低了聲音問白老大那兩位老朋友：「兩位可知道他這段經歷？」

那兩人異口同聲道：「我們只知道他當年大鬧哥老會，全身而退，絕不知道他受了**重傷**，也不知道是什麼人救了他。」

我只好苦笑，因為這兩個老朋友，和白老大*交情匪淺*，若是他們也不知道，那別人就更不知道了。

我們三個人商量，等白老大醒了，該怎麼樣。白素苦笑：「還能怎麼樣？爹自然會推得一乾二淨。」

　　白奇偉甚至懷疑，白老大酒醉睡倒也是裝出來的，我心裏不禁覺得好笑，怎麼白老大在我們心中已變成了一個老奸巨猾的**騙子**。

　　不出白素所料，第二天，白老大若無其事，見了我們，伸了一個懶腰：「昨晚竟不勝酒力，在椅子上就睡着了，真是。」

　　我大着膽子，笑着説了一句：「酒後吐真言，你可説出了不少秘密。」

　　白老大呵呵地笑着，提起手掌，作要砍我的脖子狀，「敢在我面前嘮叨半個字，管叫你脖子折斷。」

他表面是**開玩笑**，實際上也是一個**警告**。我吐了吐舌頭，大家都識趣沒有再說下去。

不過，我們三個人私下還是討論過的，都一致認為，關鍵人物是白老大的那個救命恩人。

可是這個神秘的救命恩人究竟是誰，我們當時所獲得的資料甚少，一點**頭緒**也沒有，因為那時候我和白素仍未得知陳將軍審問金販子的那段往事，所以不知道白老大曾與陳將軍的女兒並轡進入苗疆。

可是當我和白素知道了他們兩人曾一起進入苗疆後，整個事情就有了***新的推測***。

我和白素算了一算，幾件重要事情的發生*時序*是這樣的：

　　首先，白老大在哥老會總堂大鬧了一場，有些人見過他帶着一隻翠綠甲蟲。他力戰群豪，負傷脫身，一直逃至江邊，遇上了救命恩人，撿回**性命**。

　　接着，金販子在金沙江邊見到白老大和陳大小姐，當時白老大自然已無大礙，並把翠綠甲蟲給了陳大小姐，讓她可以當作生日禮物送給妹妹。金販子受託後，看見白老大與陳大小姐兩人向**苗疆**方向走去。

　　到了韓夫人五歲時候的生日宴會上，她亮出姊姊送的甲蟲，惹來在場的袍哥們注視，認得那是白老大的物品。

　　後來陳將軍命人把金販子找來問話，這是韓夫人也不知道的。金販子說出了自己在金沙江邊遇見陳大小姐和白老大的經過，指出兩人一起朝苗疆去了。

　　這樣理順後，我們自然不得不懷疑，**陳大小姐**有可能就是白老大的救命恩人，因為白老大重傷後再次現身

時，就是與陳大小姐在一起。

但白素質疑道：「我爹是個 **彪形大漢**，又身受重傷，陳大小姐一個女孩子怎麼相救？」

當然，也有可能是別人救了白老大，白老大傷癒後，才認識陳大小姐的。

不過，從大鬧哥老會到生日宴會上出現那隻甲蟲，日子相距不是很久，而金販子遇見白老大的時候就更**早**了，當時白老大已無恙，能在那麼短的時間內復原，本身已是**奇蹟**，若還有時間去邂逅陳大小姐，那就更匪夷所思了。所以我認為陳大小姐依然是「**嫌疑**」最大的人，我說：「你就不讓大小姐也有一身絕世的武功，再加上妙手回春的**神醫**絕技？」

「你的想像力真豐富，是武俠小說看太多了吧？」白素說。

我立刻配合氣氛，化身成 **說書人** 那樣，手舞足蹈、繪影繪聲地講述當時的故事：「陳大小姐身懷絕技，是一個真人不露相的高人，在 **緣分** 的驅使下，她在江邊恰好救了身負重傷的一位英雄豪傑，自然悉心醫治，直到傷勢痊癒。在這段期間，約莫是半個月到一個月，你想想，一個英雄，一位美人，朝夕相對，還會有什麼事發生？別以為小說的情節千篇一律，要知道 **太陽之下無新事**。」

看見我一副說書人的模樣，白素起初也忍不住笑，但笑容漸漸僵住，神情也變得駭然，有點難以置信地說：「照你的說法，我們兄妹兩人的 **母親**，也有可能是陳大小姐？」

我立刻意識到事情的嚴重性，收起笑臉，認真地想了一想，嚴肅地說：「很有可能。」

但白素十分 **迷惑**，「不是説……陽光土司的妻子是俅俅族的烈火女嗎？」

我也想到了這一點，所以心中同樣迷惑，「我也不敢肯定，但俅俅人 **誤傳** 的可能性很大，因為這個傳聞也是源於有俅俅人在烈火女居住的山洞外膜拜時，曾多次見到過陽光土司。我估計，末代烈火女可能早已離開那個山洞，如果白老大恰巧在那山洞裏居住的

話，俅俅人不明就裏，便以為白老大是烈火女的 **丈夫** 了。」

白素半晌不語，我又説：「而且，你們兄妹兩人，怎麼看也不像有一半俅俅人的 **血統**。」

「但當時哥哥卻是留着三撮毛的。」

「**入鄉隨俗**而已，滿山都是三撮毛，忽然冒出一個沖天辮來，太礙眼，對小孩子也不會有好處。」我說。

白素望着我，欲言又止，我知道她愈想愈覺得這個推測合理，因為我也想到說：「那天你一見到韓夫人，就有十分親切的感覺，**說不定** ──」

我還沒有說出來，白素一伸手，遮住了我的口。照我的假設推論下去，如果陳大小姐是白素的母親，那麼韓夫人自然就是白素的阿姨了。

白素低着頭，皺着眉，「我好害怕，你想想，我母親如果是陳將軍的大女兒，為什麼會突然**無故失蹤**，連韓夫人結合了陳家和哥老會的勢力也找不到？她生下了哥哥和我之後，為什麼沒有和我們一起離開苗疆？」

　　最簡單的理由，當然是陳大小姐已經離開人世，**香魂**

長留苗疆了。但我仍然有一點想不通，我説：「殷大德獲救

的時候，你才出世兩天，如果陳大小姐是你的母親，那麼至

少在兩天之前，她仍然和白老大在一起的，何以殷大德只看

見白老大帶着你們兩兄妹 **趕路**，同行還有兩名奶媽，卻

不見你們的母親？」

　　白素吸了一口氣，聲音極低，戰戰兢兢地說：「這正是我害怕的原因，她⋯⋯她會不會因為⋯⋯**難產**而死？」

第十九章

大有來歷
的 金 幣

　　白素的憂慮，自然有一定的 **理據** ，可是我仍然搖着頭說：「不會那麼簡單，試想想，如果當時你的母親才剛過世兩天，白老大應該有很多事情要安排和處理，那些地區的葬禮習俗肯定不可能在一兩天內就 **草草了事** ，他又怎會匆匆帶着你們兄妹倆，連同隨從、奶媽一起趕路？況且，這麼重要的事情，也總得通知一下陳將軍，要不要把女兒的遺體運回家鄉 **安葬** 吧？」

白素皺着眉，「爹當時趕路，會不會就是運送我媽的遺體？」

我依然搖頭，「不可能。運送**棺材**這麼巨大顯眼的東西，殷大德不可能沒看

到。而且，如果陳大小姐的遺體真的運回陳家安葬的話，韓夫人就不可能**不知道**姊姊已死，現在還到處去尋找失蹤的姊姊。我覺得整件事複雜無比，隱藏着許多我們還未知道的**秘密**，所以你也不必急着下結論。」

白素默然，覺得我的分析很合情合理，心情也平復了不少，然後吸一口氣說：「我們需要知道更多的事實——多**聯絡**幾個袍哥大爺，或許會有進一步的資料。」

我苦笑了一下，「如果白老大肯自己說出來，我們就不用這麼麻煩了。」

白老大自那次「酒後失言」之後，似乎有意避開我們，*行蹤飄忽*，全世界到處逛，我們自己也很多事情忙，所以見面的機會不多。白老大白奇偉父子，甚至有超過五年 **沒有見面** 的記錄。

從知道並假設了白老大和陳大小姐之間的關係之後，至少又過了五年，事情才再有突破性的發展。自然，在這五年之中，發生了許多事，有的是和白老大的秘密無關，有的有關。

而期間有一件最重大的事，發生在我和白素身上，這件事令我們悲痛莫名，痛不欲生，幾乎發瘋，更使我倆產生了 **鴕鳥心態**，一直避免提起。

我暫時不說那件發生在我和白素身上的悲痛事，先交

代一下我們得到什麼資料，令調查有了突破性發展。

話說我有一位朋友是中國 金 幣 和 銀 幣 的收藏家，藏品極豐富，有一天他在家裏舉辦聚會，向好友們展示他的藏品。

我並非收集錢幣的狂熱分子，但聽他説起最近得到了幾

枚**罕有**的錢幣，也聽得興趣盎然，便到他府上看看。

　　這位收藏家把「*高潮*」放在最後，提高了聲音介紹：「各位，說到我所有收藏品之中，最珍貴的就是這一枚了。這枚面額拾圓的金幣，未曾在任何記載之中出現過，據知，現存只有一枚。」

他一面説，一面用十分優美的手勢，打開了一個盒子，取出一枚金幣來。

那枚金幣看起來沒有什麼特別，在客人的手中傳來傳去，反應平淡，使我那位朋友十分**失望**。等到金幣傳到了我的手中，我拈起來一看，一面是人像，穿着**軍服**，刻着年份，倒也沒有什麼特別。可是翻過來一看，上面刻了幾個篆字，當我看清那幾個**篆字**時，不禁「啊」地一聲站了起來，向我的朋友望去。

他現出十分高興的神情，「想不到吧，世上還有這樣的一枚金幣。」

他以為我懂得欣賞這枚金幣的 **珍貴處**，其實他誤會了，我驚訝的，是那一行文字：「陳天豪督軍六十**壽**  」。

　　這個陳天豪督軍，就是陳大小姐和韓夫人的父親，也有可能是白素的**外公**！

　　我立刻問這位收藏家朋友：「為什麼只有一枚？習慣上，鑄幣廠會鑄造許多枚，就算不公開發行，也不可能只造一枚。」

他一拍大腿說：「問得真在行，你看這金幣 **鑄造** 的年份。」

我早就留意到那個年份，經他一提，我想了一想，便記起那正是陳將軍 **遭難** 的年份。

那一年，陳將軍麾下的幾名師長突然 **叛變**，率領精銳部隊衝進了大帥府，見人就殺。

正由於我知道這段經過，所以在韓夫人一說出她父親是誰時，我和白素才會感到那樣驚訝。

因為算起來，韓夫人那年八歲不到，還是一個小女孩，不知怎麼給她逃了出來，或許恰好有 **高人打救**。

我指着金幣說：「陳將軍就在這一年的大年初一出了事，這金幣⋯⋯根本沒有用過。」

收藏家 **興奮** 地解釋：「金幣一共是三千枚，出事的時候，混亂之極，奇襲大帥府的軍人，看到大帥府中的金

子銀子、奇珍異寶，誰不**眼紅👁**？」

「金幣被搶走了？」我問。

收藏家點頭，「發現金幣的，是一個團長，和兩個連長，那是一個十分結實的大箱，打開一看，就是三千枚**閃閃生光**的金幣。那團長當機立斷，也不想升官了，只想發財，就命那兩個連長，抬了那箱金幣，脫離了隊伍，一直向西走，進入了苗疆。」

這時，聚集在收藏家身邊，聽他講故事的人愈來愈多。

收藏家繼續說：「本來，三個人平分，或是團長多拿一份，也足以**安享晚年**了，可是人心險詐貪婪，兩個連長暗中商議，要把團長殺了，兩人再對分，偏偏團長機靈，不等那兩人出手，就**先發制人**，解決了兩個連長，可是混戰之間，團長也受了傷，滾下了斜坡，那箱金幣

也跟着滾下來，眼看他就要被那箱金幣壓成肉醬了——」

　　收藏家講到這裏，我實在忍不住質疑道：「等一等，這些經過，你怎會知道得這樣清楚，就像你親眼目睹一樣？」

　　他不慌不忙地解釋：「我雖然未曾親眼目睹，可是出售這枚金幣給我的人，正是那個團長。」

　　我立時瞪大了眼睛，「他尚在人間？」

　　收藏家眉飛色舞，「當然，就是前兩天，他拿了這枚金幣來求售。」

　　我向收藏家問了那團長的住址，立即與白素趕去那團長的住所，希望可以找到對方，問出更多關於當年的事。因為我們需要更多的線索，去把當年的真相拼出來。

　　那團長的經濟情況顯然欠佳，住的是郊外一間**簡陋**的石屋。

　　我們叩門，過了好一會，才有一個滿面花白鬍子的男人來應門，他一手拿着酒瓶，全身酒氣，瞪大眼看着我和白素。我一開口就是地道的四川話：「老哥，你是挑過**梆梆槍** 的，我們直話直說，不和你扮燈兒，希望聽你說一段往事，不會白聽你的，要不要造點粉子，邊造邊說？」

第二十章

快樂家庭何以驟變

那一番話是我早想好的，「梆梆槍」是手槍，「扮燈兒」是開玩笑，「造粉子」是吃飯。這個許多年前是團長，應該也是袍哥，一聽到我說這番**土話**，立刻精神一振，大聲道：「好！娃子和妹子，一起進來，想知道什麼，只管問。」

我們進了石屋，開門見山就問：「當年你們打陳將軍的翻天印，你得了一箱三千枚**金洋**，走到苗疆，又起了

窩裏翻,我就想聽聽這段經歷。」

四川土話中,「打翻天印」就是**背叛**,以下犯上——接下來團長和我們的對話,自然全以四川土話進行,但為了方便記述,我還是盡量翻譯成書面語,只在有趣的地方保留少許土語。

團長喝了一大口酒,冷笑起來,「打督帥的翻天印,那是師長旅長的事,還輪不到我這個小小團長。倒是那一箱金幣,直到現在,我閉上眼睛還感到**金光耀眼**。」

「你差點被那箱金幣壓死,自然不會忘記。」我隨即追問:「那你是怎樣死裏逃生的?一箱金幣為什麼只剩下了**一枚**?」

團長睜着眼，過了一會才説：「我斃了那兩個龜兒

子，自己也帶了傷，一個打倒栽，滾下斜坡，連人

帶箱，一起滾下去。斜坡下是萬丈懸崖，就算不被那箱子

壓死，跌下懸崖，也難逃一死。眼看我大限將至之際，竟

不知從哪裏竄出來一條漢子，

身手矯捷得如同花豹

一樣，伸手抓住了我，一腳踢

開了那箱金幣，後來我才知

道，這個人大家都叫他陽光土

司。」

我和白素驚喜之極，沒想

到救人的又是白老大，難怪他

贏得了陽光土司的美譽。

團長敘述得很投入:「那漢子絕想不到箱子中竟是三千枚金幣,他只是疾聲問我:『你也是飛機上的?』這句話聽得我 **一頭霧水**,反問他:『你説什麼?』那漢子又問:『你不是 **摔飛機** 死裏逃生的?』我仍然聽不明白,只是搖着頭。這時,箱子撞上了一塊大石,嘩啦一聲撞得粉碎,箱中的金幣全都飛起來,像是炸開了一天的 **金花**。」

　　團長說到這裏，急速地喘起氣來，喝了三大口酒才繼續說：「那石頭在懸崖邊上，金幣像是一蓬 **驟雨**，全落到懸崖去，只有一枚反向我們這邊飛來。那漢子一伸手就把金幣抓住，看也不看，就歸還給我，我一直保存到現在，真正窮得過不下去了，才迫不得已賣出。」

　　我和白素對他本人的事並無興趣，只是急急地問：「你和那陽光土司之間的每一句話，他的每一個動作，你都好好 **回想** 一下，告訴我們。」

　　團長卻有點 **不樂意** 了，「為什麼？」

　　我向白素一指，「因為她就是陽光土司的女兒。」

　　團長聽了我的話後，十分驚愕，用力揉着眼，盯着白素看了好一會，才說：「是有點像，可是那時候，我以為你是 **男娃子**。」

一聽他這麼說，我驚喜地問：「那時你還看到一個小男孩？」

團長點點頭，「那漢子救了我之後，有一個小娃子奔到他身邊，是三撮毛，卻又叫那漢子做爹，我以為他是男孩——」

團長說到這裏，目光落在白素的臉上，我連忙向他解釋：「那個確實是男孩，是她的哥哥，不是她，她那時候還未出世。」我說着指了指白素，團長便恍然大悟地「哦」了一聲。

「他問你是不是飛機上的，那是什麼意思？」白素疑惑地問。

團長搖搖頭，「我也不明白，他先問我是不是飛機上的，又問我是不是摔飛機死裏逃生的。坦白說，那時候我連飛機也沒坐過。」

我接着又問：「那麼當時他和他的孩子正在幹什麼？」

團長認真地想了一想，說：「他好像很急忙要趕去什麼地方，所以救了我之後也不太理會我，只對他的孩子說：『該回去了，**你媽會惦記**，唉，可是那兩個人，又不能不理，你能自己先回去？』我當時聽到也嚇了一跳，在苗疆的叢山之中，剛才我也差點摔下山坡**掉命**，更何況是這個剛學會走路的小娃子？不論他住得多近，叫他自己一個回去，總不是太好。我正想提醒他，可是他已經抱着娃子，轉過**山角** 去了。」

團長的這一番話，竟令白素激動起來，緊握住了我的手，發了好一會呆。

我心裏想，白奇偉現在已經長大成人了，那就表示，當日他自行回家並沒有**遇險**，自然不必為他擔心，白素何需如此緊張激動？

團長接着又 **憶述** 了一些他自己的往事，但已經和我們追尋的秘密無關，我們客氣地聊了幾句便離開。

離去的時候，白素一直 **握住** 我的手，直至回到家中，她才說：「你剛才聽到沒有，那團長說，我爹曾對哥哥講，再不回去，媽會惦記。」

我點了點頭，而且開始明白，她情緒突然變得 **激動** 的原因，就是這句話的緣故，因為在這句話之中，白老大提

到了她的母親。

我知道白素的內心一定是**百感交集**，她説：「現在我知道，至少在那團長獲救的時候，我們的家庭，還是一個正常、快樂的家庭。」

我呆了一呆，白素用「**我們的家庭**」這樣的詞句，實在有點怪，因為那時她還未出世，她在七個月之後才出生。她的家庭是由父親，歲半大的兒子，和一個懷孕兩個月的母親所組成。

七個月之後，這個快樂家庭中主要的成員母親突然**不知**

所終，由父親帶着兩歲大的兒子和才剛出世的女兒**離開**了苗疆，以後那麼多年，母親一直沒有出現，父親更絕口不提，可想而知，就在那七個月之間，一定發生了什麼**可怕**之極，難以想像的變化。

「發生這樣的變化，會不會跟爹當時口中所提到的『飛機』有關？」白素忽發奇想。

我分析道：「那時候一定是附近有一架飛機失事，白老大才會以為那團長是飛機失事的**餘生者**。」

白素接下去：「餘生者應該有兩人，他們受了傷，等着援救，而失事現場自然十分危險，所以爹才會叫哥哥先自行回去。」

於是，有很**長**的一段日子，我們致力於尋找那失事的是什麼飛機，餘生者又是兩個什麼人。

可是那宗飛機失事的意外，根本**無案可稽** ，無迹可尋，完全找不到任何記錄。

關於白素母親的秘密，我們的探索一直沒有停止，歷時許多年，問過許多人，把一樁樁的往事、一條條的線索，拼湊、交織在一起，可是仍然未能拼出秘密的**全貌**。

直到那個女野人紅綾的出現，事情竟然又有了新的發展。（未完，請看續集——《繼續探險》）

案件調查輔助檔案

時移世易

她説：「那小個子告訴我們，**時移世易**，由於這個習俗被批評太殘忍，所以已經取消了。」

意思：時日變遷，世事隨之改變。

千山萬壑

苗疆**千山萬壑**，如果要逐個山洞去找，只怕和在戈壁沙漠之中尋找一粒指定的沙粒差不多。

意思：形容高山深谷極多。

面面相覷

白素兄妹**面面相覷**，但還有什麼法子？只好保持低調，繼續暗中查探母親的事。

意思：覷，看的意思。互相對視，不知如何是好。形容驚懼或詫異的樣子。

氣定神閒

我暗中戒備，但表面上看來卻與白素一樣，十分**氣定神閒**地站着。

意思：形容人的神態安詳閒適。

天花亂墜

那是一塊拳頭大小的雨花台石。雨花台石並非什麼稀奇的東西，盛產於南京雨花台一帶，色澤斑斕，什麼顏色花紋都有，大小也不一，大的可比拳頭大，小的一如米粒，相傳晉時高僧生公說法，說得**天花亂墜**，落地之後，就化為五色石子，連雨花台的地名，也是這樣得來的。

意思：形容說話言詞巧妙，有聲有色，非常動聽。多指誇大而不切實際。

興致勃勃

他**興致勃勃**，說到這裏，韓夫人就叫了他一聲，不讓他再說下去。

意思：形容興趣濃厚。

神通廣大

我笑了起來，「有什麼事，普天之下竟只有我一個人能辦到，別把我看得太**神通廣大**了。」

意思：形容本領、手段高明巧妙。

徒勞無功

何先達說着，現出了一副不以為然的神情，顯然他對韓夫人親自出馬一事，也認為必然**徒勞無功**。

意思：白白浪費精力，沒有任何效益。

趨炎附勢

我和白素並不是**趨炎附勢**的人，但韓夫人出身如此有來頭，確實令我們大感意外。

意思：比喻依附權勢。

等閒人物

只見那五雙眼睛死死地盯着小女孩手上的那個銅盒子看，能參加陳將軍的宴會，自然不是**等閒人物**，這五個人都是袍哥的領袖人物，地位極高，與陳將軍關係很好。

意思：平常、無足輕重的人。

意氣用事

陳將軍是聽說過，知道雙方還動了手，袍哥方面有不少人受了傷，本來講好了是比武，可是輸得急了，難免**意氣用事**，群起而攻。

意思：處理事務只憑感情，多不依據理性。

繪影繪聲

陳將軍和五位袍哥要求金販子把遇見陳大小姐和白老大的經過詳細說出來，金販子便抖擻精神，**繪影繪聲**地敘述。

意思：形容講述或描摹事物，十分深刻入微、生動逼真。

衛斯理系列少年版 20

探險 下

作　　　　者：衛斯理（倪匡）

文 字 整 理：耿啟文

繪　　　　畫：鄺志德

責 任 編 輯：陳珈悠　朱寶儀

封面及美術設計：BeHi The Scene

出　　　　版：明窗出版社

發　　　　行：明報出版社有限公司

　　　　　　　香港柴灣嘉業街 18 號

　　　　　　　明報工業中心 A 座 15 樓

電　　　　話：2595 3215

傳　　　　真：2898 2646

網　　　　址：http://books.mingpao.com/

電 子 郵 箱：mpp@mingpao.com

版　　　　次：二〇二一年十月初版

I S B N：978-988-8688-11-1

承　　　　印：美雅印刷製本有限公司